KB156795

바당 없으면
못 살주

강영수

1950년 제주 우도 출생, 성산고등학교 졸업, 우도법인어촌계 및 제주시 수협 근무
북제주군의회 3대·4대 의원, 제주특별자치도 도서(우도)지역 특별보좌관

언론 기고집
《급허게 먹는 밥이 체헌다》 2006년, 《세상을 향한 작은 아우성》 2011년

수필집
《내 아내는 해녀입니다》 2013년, 《바다에서 삶을 캐는 해녀》 2016년(세종도서),
《암창개 온 어머니》 2021년

시집
《우도돌담》 2014년, 《해녀의 몸에선》 2017년, 《여자일 때 해녀일 때》 2018년,
《해녀는 울지 않는다》 2019년, 《해녀의 그 길》 2020년, 《우도와 해녀》 2021년,
《해녀의 기도》 2022년, 《바당 없으면 못 살주》 2023년

바당 없으면 못 살주

2023년 5월 8일 초판 1쇄 발행

지은이	강영수
펴낸이	김영훈
편집	김지희
디자인	김영훈
편집부	이은아, 부건영, 강은미
펴낸곳	한그루
	제주특별자치도 제주시 복지로1길 21
	전화 064-723-7580 전송 064-753-7580
	전자우편 onetreebook@daum.net 누리방 onetreebook.com

ISBN 979-11-6867-095-2 (03810)

값 10,000원

바당 없으면
못 살주

한그루
시선

강영수
시집

시인의
　　　　말

팬데믹
전쟁
지진
화마
쓰레기
기후변화

지구촌의 재앙

사람을 솎는다

차
례

제1부
_____

지구에 잠깐
얹혀사는 우리

군더더기

섬은
하늘이 내린
바다 위의
천태만상

사람들은
덕지덕지
석부작을
붙인다

이 일을 어쩌랴

지구에 잠깐 얹혀사는 우리

우리는 지구에 무슨 짓을 하고 있나

숨 쉬는 지구의
숨구멍을 틀어막고
목을 조르고
말뚝을 박아 벽을 쌓고
소통을 못 하게 하고
피를 토하게 하고

하늘의 뜻을 거역하지 말라는데

바람을 막고
물을 막고
햇볕을 차단하고
독가스와 화공 약을 뿌려대고
인간의 횡포에 지구는 병들고

그
대가는 인간이 만든
재앙이라 하는데도……

섬 1

벌 나비는
꽃술에
상처를 주지 않고
꿀을 먹고
살아가는데……

경쟁

콩나물시루의
콩들은
겹겹이 쌓인 공간에서
상처를 주지 않고
자란다

팔불출

눈치 보며 편승하는 사람

분수를 모르고 저 잘난 체하는 사람

남이 잘되는 것을 배 아파하는 사람

성공은 했으나 성장하지 않은 사람

저울질하고 알랑방귀 뀌는 사람

문화와 가치를 무시하는 사람

우물 안 개구리 격인 사람

푼수를 모르고 아부하는 사람

유아독존인 사람

죽음의 소리

콘크리트 붓는 소리

바위 깨는 소리

말뚝 박는 소리

우도담수장 연력

네
이름은 '우도담수장'이었었지
잊을 수 없는 네 연력은
우도 물 역사의 아린 종지부

너는
1998년 12월 21일 태어나
1999년 3월 10일 이름표를 달며
성대한 잔치를 벌였었지
물의 날이란 명분으로 깜찍한 발상이었지

그땐
우도 탄생 제2기라며 방방곡곡 자랑거리였지
섬 땅속 짠물 섞인 물을 뽑아내 정수시켜
1천 8백여 명 우도 사람들에게
물 걱정을 덜어 줬으니
그럴 수밖에

그러다

2010년 12월 바다 건너 수도가 들어와
역사는 또 바뀌며
네, 이름표는 내팽개쳐져
덩그렇게 방치돼 10여 년이 넘은 세월
골칫거리 애물단지로 뼈대만 앙상하게 남아
누군가의 손길을 기다리는 중이지

그러던 중
2022년 11월 11일 이름을 지어서
이름표를 달려고 문화공연마당 축제의 판을 벌였지
너를 내동댕이치지 않으려고
전문 꾼들이 모여 열띤 토론도 했지
'우도 담수화시설 문화 재생' 사업이란 제목으로

그런데
그 실속이
뭘지
나는 모르지

*2022. 11. 11.~11. 12. 우도 담수화시설 문화재생 사업 행사

벙어리 섬

바다엔 풍랑주의보
뭍엔 강풍주의보
섬엔 사람주의보

급박한 상황
발만 동동거린 지
며칠

ㄹ시*는 눈앞인데
하늘 쳐다보고
파도 마루 쳐다보고

무정한 날씨
가로지른 해협
창살도 벽도 없는
말 없는 섬

연락선도 갯도메서* 안 된다 끄덕이고

불어 대는 풍랑 따라

내

마음도 현란하다

* ㄱ시: 뭍, 곧 제주도를 의미함

* 갯도메다: 포구 입구가 파도로 막음

섬이 몸을 판다

섬은
몸을 팔고

섬사람은
포주로 거들먹이고

섬이
섬 닮음이 사라져 간다

섬도 울고 포주들도 울 거다

섬 2

아파서 울고
서글퍼서 울고
섬이어서 운다

오밤중
예상치 못한 병
세상은 고요하고
파도 소리 처량하다

섬이 의사며
병원이다

우도 ᄇ름

동쪽에서 부는 ᄇ름 샛ᄇ름
서쪽에서 부는 ᄇ름 갈ᄇ름
남쪽에서 부는 ᄇ름 마ᄑ름
북쪽에서 부는 ᄇ름 하니ᄇ름

동서남북 부는 ᄇ름 도껭이ᄇ름

봄에 부는 ᄇ름
끈적끈적 뼛속 파고드는 마ᄑ름
여름에 부는 ᄇ름
산들산들 산내기ᄇ름 갈ᄇ름
가을에 부는 ᄇ름
지긋지긋 지새ᄇ름 샛ᄇ름
겨울에 부는 ᄇ름
보실보실 양반ᄇ름 하니ᄇ름

사시장철 부는 ᄇ름
변화무쌍 바당ᄇ름 갯ᄇ름

제2부

바당 없으면
못 살주

흉상 제막

해녀 항일 투쟁사의 잊어서는 안 될 그 이름
강, 관, 순.
사람은 이 세상에 없지만
이름과 노랫말은
살아 있어 요동을 칩니다

태양처럼 뜨겁고
보석처럼 반짝이고
바다처럼 변화무쌍하게
온누리를 누비며
우리들의 가슴을 칩니다

온갖 시련과 농간, 약탈, 수탈,
유린으로 시달린
한 맺힌 애달픈
줌녀들이었습니다

위대한 저 흉상을 보라
가슴 시린 저 노랫말로 명상하라

오늘따라 바닷냄새가

더

짙습니다

*2022. 12. 1. 우도에 첫 강관순 흉상 건립

바당 없으면 못 살주

90을 코앞에 둔 해녀 할망
이제 물질 쉴 때가 되지 않았느냔 말에
젊었을 적엔 먹고살기 위해 죽자 살자 물질했다
요즘은 쉬는 물질한다며
돈 벌러 가는 게 아니라
운동 삼아 간다는 해녀 할망
바다에 갔다 오면 기분도 좋고
움직이지 못했던 다리도 부드럽다
바다가 없으면 못 산다는 해녀 할망
바다 덕에 산다며
늙는 게 서러운 게 아니라
물질 못하는 것이 더 서럽다는 해녀 할망
난 글도 모르지만
자식들 대학 시켰으니 성공한 인생이란다
남편도 자식도 바다가 데려갔다며
그래도 바다가 없으면 못 산다는
눈시울 붉히시는
해녀 할망

어느 해녀의 푸념

우도 해녀들은

평생 물질로

명품 옷 한번 못 입어보고

명품 신발 한번 못 신어보고

명품 가방 한번 못 들어보고

고급 식당에서 맛있는 음식 먹어 본 적 없고

돈 벌면 자식들 학비 대고

물질 끝나면 병원 가기 바쁘고

가정 살림 꾸리기 바쁘고

며칠 쉬어도 쉬는 게 아니다

이런

순환이 반복되는

삶

그러다 죽으면 알아주는 이 없는

해녀 인생사

여자는 지식 해녀는 지혜

여자로선 너나 나나
삶은 백과 흑

여자는 지식의 삶을
해녀는 지혜의 삶을

여자는 생존의 삶을
해녀는 생사의 삶을

여자는 이승이 일터
해녀는 바닷속 저승 언저리가 일터

여자의 몸에선 땀내가
해녀의 몸에선 단내가

여자는 호흡의 노동
해녀는 무호흡의 노동

여자는 밥심의 노동
해녀는 곯은 배로 물심의 노동

여자는 몰아 쉬는 한숨 소리
해녀는 턱밑 혼의 숨비소리

여자는 바닥을 차 허공을
해녀는 하늘을 차 자맥질을

여자는 눈으로 하늘 보고
해녀는 궁둥이로 하늘 보고

여자는 나침반으로 방향을
해녀는 바닷속 여를 찾아 방향을

여자는 시간에 의한 생활을
해녀는 물때에 의한 생활을

여자는 기상 예보에 날씨를
해녀는 자기 몸살로 날씨를

여자는 날씨에 흔들리고
해녀는 물살에 흔들리고

인생사는 너나 나나
삶의 무대는 뭍과 바다

여자일 때 해녀일 때 43

엄마로 살 땐 여자
　　　물질로 살 땐 해녀
자식에게 용돈 받을 땐 여자
　　　자식에게 용돈 줄 땐 해녀
자기 삶을 위해 공부할 땐 여자
　　　가족을 위해 물질 배울 땐 해녀
책으로 배울 땐 여자
　　　담금질로 배울 땐 해녀
내일을 걱정할 땐 여자
　　　오늘을 걱정할 땐 해녀
산 정상마루 오를 땐 여자
　　　테왁 부여잡고 파도마루 탈 땐 해녀
늙음을 서러워할 땐 여자
　　　물질 못 해 아쉬워할 땐 해녀
밭에 못 가 걱정할 땐 여자
　　　바다에 못 가 안달할 땐 해녀

옥토를 중요시할 땐 여자

　　　바다를 중요시할 땐 해녀

위험에 도움을 받을 수 있을 땐 여자

　　　위험을 스스로 대응해야 할 땐 해녀

성기 트는 날

아내는 성기* 트는 날을
손꼽아 헤아렸다
링거도 맞고
테왁망사리도 만지작만지작
조락*도 매달고
성기 글각지*도
시멘트 바닥에 문지르고
머정* 있으라고
작업 도구마다 침도 퉤퉤
아침저녁으로
보고 또 본다

그런데
성기 트는 날
궂은 바다 날씨에
안달복달이다

*성기: 성게   *조락: 작은 보조 망사리
*글각지: 호미   *머정: 재수

42

돈과 물숨

성게 까며
기왕지사 선물할 거면
선물할 성게를 했더니
왈
성게 잡아 봤느냐며
고단한 얼굴
눈을 부라린다

나는 움찔 먹먹

자책

물질하는
지어미가 아파할 땐

지아비를 만나지 않았더라면
하고
자책한다

해녀의 시름

기쁨도
슬픔도
아픔도
괴로움도
망사리에
담고 담아
테왁에 몸 실어
물질로
시름 달랜다

2022년 해녀의 연말정산

나이: 72

경력: 60여 년

기량: 상군

작업 일수: 108일

소라: 70일 작업, 수량 2,260여kg, 1kg당 5천여 원

성게: 29일 작업, 수량 100여kg(알성게),

1kg에 13만 원(낱개: 1만 4천여 개)

우뭇가사리: 7일 작업, 수량 9포(건조 30kg 기준)

1마대당 19만 5천 원

오분자기: 2일 작업, 수량 7.1kg, 1kg당 4만 6천 원

그 외 소득: 해삼 7.1kg, 문어 1kg 등 5십여만 원

덜컹

평상심에

해녀 사고

지어미가 겹칠 때

아내의 아홉수

아버지 쉰아홉
어머니 여든아홉
언니 쉰아홉에
돌아가셨다며

나는 예순아홉 때
세 번의 병원 신세
발등뼈 골절 두 번
급성장염

지아비 마흔아홉
직장 그만두고

우리 집 지번
우도면 연평리 99번지

생존

썰물에 갯바위 해초
봄 햇볕에
바싹 마르고
건드리면 부서지고 가루가 돼도
밀물에
다시 일어선다
참고 견디니
해녀 심성

제3부
_____

지지 않는
꽃은 없더라

팬데믹

부모가 아파도
자식이 아파도
팬데믹이 길을 막는다

부모가 죽어도
내가 죽어도
팬데믹이 못 보게 한다

효도를 못 해도
효도를 안 해도
코로나19가 대신하는 세상

국경 없는
세균의 진화
인류는 팬데믹과의 무기 없는 전쟁

허무 2

장례식장 입관실

95세의 당숙 시신 입관
찬란했던 지난날들이 뇌리를
스쳐 복잡하게 겹쳤다

한세상 길면 길었던
삶
관 널판때기 뚜껑을 덮고
쿵쿵
인
생
사
'허무虛無'였다

*2022. 10. 3. 당숙 입관

서글픈 넋두리

노부부의 이동 수단은
경운기

어느 날
경운기 고장으로
자동차가 있는 친족에게
경운기 수리점까지
태워 달라 믿고 갔었는데
자동차 고장이라는 대답에
나를 찾아왔었다
자동차에 오르면서
남도 아닌데

죽는 게 서러운 게 아니라
늙음이 서럽다며 울먹이는 모습에

마음이 짠했다

이젠

60대 아들이
90대 치매 어머니를 돌보며

생선찌개를 끓여
밥상 앞에서

내 어렸을 적
엄마는 나에게 살코기를 주고
엄마는 대가리만 먹었었다

이젠
치매 엄마는 살코기를
나는 대가리를
먹죠

시니어 부부

노부부께 부부란 질문에

노온 시니어는
한배를 타고 항해를
하는 것이라 하고

노옹 시니어는
몸의 온기를 조절해주는
속옷이란 말에

나는
그렇습니다
그렇습니다
구시렁거렸다

속내

백수白叟이신 당숙모

며느리가 조심스럽게
시어머니에게 병원에서
아버님 돌아가셨다 했더니
왈
한 사람이라도 빨리 '가야주' 하는
답에 멍했다는 며느리

늙은 부모는
짐인가
내가 더 먹먹했다

역설

1

늙으면 죽어야지 하면서도 아프면 병원 가고

자식들 짐 되기 싫다면서 외면하면 섭섭해하고

자식들에게 주고 나서 무관심에 서운해하고

자식들 배부르다면 나는 배고파도 괜찮다 하고

자식들에게 걱정 끼치고 싶지 않다면서 늙어서 시설은 아니라 하고

몸은 늙었는데 별것 아닌 것에 마음 아파하고

아니다 아니다 괜찮다 괜찮다 하면서도 관심이 없으면 못된 것들 하고

자식들 도움은 빚인 것 같고

자식들에게 있는 것 줬어도 또 줄 게 없어 미안해하고

2

부모가 위독하면 장례 준비 걱정하고

제 자식이 아프면 세상이 무너지고

부모가 오래 살았으면 하면서도 늙으면 시설이 편하다 하고

자식들은 부모가 키워야 한다면서 도와주길 바라고

어렵고 힘들 땐 왜 날 낳았느냐 하고

부모에게 있으면 내 몫을 생각하고

부모에게 받고 나서 병들면 나만 자식이냐 하고

부모가 죽으면 재산 놓고 다투고

살아있을 때 잘할걸 하는 후회스러운 소리는 없으
니 하는 소리고

챙길 것 챙기고도 다시 없나 하고

나는 부모 닮지 말아야지 하면서도 닮아가고

뒤안길

망백을 바라보는 우도 역사의 증인들

집 울타리 바깥

우도봉 나들이에 울고 웃는다

몸은 우도봉 능선 기슭 자락

등은 새우등에 겹친다

마음은 신산이 삶을 살았던 뒤안길을 돌아보는 듯

테역*뿌리 파내 흙을 털어 말려 지들커*를

소낭가지* 몰래 꺾어다 땔감을

쇠똥을 주워서 굴묵*을 짓었던 시절

쇠테우리*로 아린 추억의 장소

'섬머리'*였다며

새록새록 그 적빈이었던 시절에 울컥한다

애송이들의 부축에 '한'이라면

초등학교만 나왔어도……

깊은 가을 단풍의 계절을 넘긴 나이

소슬바람에 언제 떨어질지 모르는 낙엽처럼

다시 이 테역을 밟을 수 있을까

여운을 남긴다

쇠처럼 살았다며 소 이빨 드러내듯

고맙다 고맙다 눈시울 붉히시는 옹翁·온媼

＊테역: 잔디

＊지들커: 지푸라기 땔감

＊소낭가지: 소나무 가지

＊굴묵: 구들방에 불을 때게 만든 아궁이 및 아궁이 바깥 부분(난방시설)

＊쇠테우리: 목동

＊섬머리: 우도봉

＊2022. 9. 29. 우도작은도서관 어르신 책 나들이 행사를 보며

지지 않는 꽃은 없더라

양지에서 핀 꽃
음지에서 핀 꽃

빨리 핀 꽃
늦게 핀 꽃

때가 되어 시들면
씨를 남기고 모두 지더라

촛불

망백을 넘게 사셨던 내 어머니
영롱한 촛불이 희미해져 가듯
참으로 평화로웠다

나도
저
평화로운 촛불이었으면
여한이 없는데 했다

내 인생
내 맘대로
결정하기까지만
살았으면……

자식

자식은 겉을 낳지 속은 못 낳는다는 말을 곱씹는다
자식까지 낳고 살면 걱정은 없을 것이라 생각했다
그런데 살다 보면 그렇게 안 되는 게 인생사다
잘살면 잘 사는 대로 못살면 못사는 대로
있으면 있는 대로 없으면 없는 대로
소식이 있어도 소식이 없어도
걱정하며 사는 게 부모다
자식은 한번 생각
부모는 골백번
되짚는다
도생의
인생
사
저들도 자식 키우며 살다 보면 부모 마음 알리라

단풍

．

풍상을 겪은 가을걷이

오래 머물지 않는다

삭풍이 불기 전

소슬바람
불
때

시곗바늘

시계는 바늘이 셋

과거를 성찰하고

현재를 직시하고

미래를 재촉한다

삶의 소리

갓난쟁이의 울음소리

티격태격 지어미의 잔소리

해녀들의 턱밑 숨비소리

빔

명절 때면
출가물질 간
어머니

풍성한 때때옷
기다리던 시절

어머니 오실 때쯤이면

몸도
마음도

풍성했었는데

이젠
뒤뚱뒤뚱
명절 쇠러
우도 떠나신다

제4부
───────

섬과
태풍

섬과 태풍

섬보다
낮은 울타리

파도는
섬을 할퀴고

폭풍우는
섬을 덮치고

사람은
고립되고

태풍이
차지한 섬

기도

강한 태풍이 섬을 덮친다 할 때

멀쩡한데 불치병이라 할 때

시험에 불합격이라 할 때

경쟁에서 떨어졌다 할 때

응모에서 탈락했다 할 때

바다에서 해녀 사고라 할 때

인터넷 속 태풍 진로

달팽이처럼
굼벵이처럼
지렁이처럼
지네처럼
뱀이 똬리를 틀듯

인생사
굽이굽이
마루 같다

천일염

바닷물이 씨가 되고

햇볕이 거름 되어

바람으로 풍년 수확

얼씨구나 불타나네

풀과 채소

곡식이나 채소는
사람이 가꾸고

잡초나 풀은
하늘이 가꾸기에
뽑고 뽑고 또 뽑아도
솟아나 자란다

인간은 자연과 공생하는 것만이 살 길

차이

부자인 사람들은
죽기 두려워
기도하고

가난한 사람들은
살기 두려워
기도한다

본능

과일은
제 몸이
썩고 뭉그러져도
씨를 감싼다

인간은……

희망

아내의 산부인과 진료
젊었을 적엔 서먹서먹했던
산부인과
아내의 진료만 생각하고 들어섰다

순간
임산부의 인산인해
희망이다 외치고 싶었다
예쁜 얼굴들

섬 3

ㄱ시 간 아내가
풍랑주의보로 들어오지 못할
땐
아내의 빈자리가
섬이다

제5부
_____

이런 시를
쓰고 싶다

문학의 기교

시는 뼈처럼

수필은 근육처럼

소설은 살처럼

시나리오는 몸통처럼

장르의 기교

이런 시를 쓰고 싶다

하늘처럼 높게

바다처럼 깊게

흙처럼 정직하게

흐르는 물처럼 겸손하게

해녀처럼 목숨 걸고

감동의 소리

세상에서
가장 하고 싶은 말

사랑

세상에서
가장 듣고 싶은 말

행복

세상에서
가장 신뢰 있는 말

믿음

세상에서
가장 부르고 싶은 말

엄마

세상에서
가장 굳센 말

해녀

절규

한평생
당신의 배고픔을
자식 걱정으로
채우신 어머니

어머니를 향한
그리움의
절규

시인에게 시는

시인에게 시는
하늘이고 땅

시인에게 시는
낮이고 밤

시인에게 시는
달이고 별

시인에게 시는
밥이고 똥

시인에게 시는
사람이고 동물

시인에게 시는
삶이고 죽음

시인에게 시는
우주이고 영혼

동시 강좌

우도작은도서관
문화가 있는 날 행사
동시 강좌
초등 어린이 몇 명과 중학생
어른들도 동심으로 새록새록

'시'
가 뭐냐 묻는 질문에
먼지, 모래, 달, 별, 태양……
우주에서 영성까지
어린이들의 깜찍스러운
각양각색의 답
가난과 풍요의 격세

그래 그래
그게
시다

재치

어른들의 이야기에
끼어든 일곱 살배기

음식은
따뜻할 때 먹어야
제맛이라 했더니

일곱 살배기
왈
그러면
아이스크림도
따뜻하게 먹어야
맛있겠네요

어른들은
역시나 했다

우문현답

제주시에 사는 손주
목소리 듣고 싶어
열한 살배기 손주 핸드폰으로
전화를 했다
할머니 할아버지에게 가끔 전화하라 했더니
할머니가 해주신 맛있는 반찬을 먹을 땐
생각났었는데……
습관이 되지 않아 그런다며
습관이 될 때까지
할머니 할아버지가 전화해달라는
말
누가 먼저라 할 일이 아니라는
답
손주에게 한수 배운다

책 축제

책 읽는 우도

우도야
'시 하나 품고 살자' 슬로건

아이들은 부스 찾아 꽃나비……
어른들은 서성서성
선생님은 이리저리
부스마다 와자지껄
관객들은 들락날락

책 축제에
책은
책은……
시
노래에 박장대소
아이들 앙코르 소리
똥강아지 똥을 부르네

* 2022년 11월 3일 우도작은도서관, 우도 초·중학교 주관 '일곱 번째 책 축제'

제6부 **산문**

그 시절
우도는

그땐

1960년대 전후 사람이 살아가는 데 기본적인 의식주가 어려웠던 시절 섬은 더 어려웠다 옷은 꿰매고 꿰맨 옷을 형제자매들끼리 물려 입었다 새옷이나 고무신을 신을 수 있는 기회는 어머니나 누나들이 육지 물질 다녀올 때나 명절빔 선물이었다 늘 허기진 배를 움켜잡고 다녔던 나날 배곯지 않게 먹었던 것은 제철 곡식을 수확하고 나서 잠깐이었다 초가삼간 집은 해마다 가을걷이가 끝나면 우도 밖에 남의 집 정제*에서 생활하면서 새 있는 곶자왈을 찾아다니며 새를 베어다 집을 일었다* 더 어렵고 박했던 인심은 물이었다 오죽했으면 뭍사람들은 우도 갈 때는 물은 가지고 가야 한다 할 정도였으니 갈수기 땐 동네 봉천수 물통에 물을 지키는 당번을 서야 했다 어느 하나 녹록한 것은 없었던 섬 생활 지들커* 땔감도 어려웠다 잔디 뿌리와 조를 베고 난 지푸라기 뿌리를 파서 흙을 털고 외양간 거름 말려서 지들커를 했다 때론 초가지붕 끝자락을 빼기도 했다 감시가 심했던 소나무가지를 몰래 꺾는 것은 누구라 할 것도 없던 시절 우도 바깥에서 해온 땔감은 고급 땔감이었다 마른 솔잎과 설피*였으니 춥고 배고프던

시절 한정된 면적에 사람은 많고 뭍에서 일굴 재원은
없어 돈벌이로 살아갈 곳은 바다며 해녀였다 여태껏
우도를 지키고 가정을 일군 것은 해녀다 당시는 섬이
란 수식어가 부끄러워 섬 티를 내지 않으려고 먹고 살
기 위해 초등학교를 졸업할 나이면 남자들은 육지로
여자들은 물질로 풍진 삶이었다 요즘처럼 입을 옷이
넘쳐나고 먹을거리가 남아돌고 콘크리트 집 빌라 아파
트라는 낱말은 시대적 분수에 호사다

* 정제: 부엌
* 일다: 이다
* 지들커: 지푸라기 땔감
* 설피: 쥐똥나무

고무신

고무신 하면 1960년 전후 검정 고무신과 하얀 고무신
이 유일했던 시절 하얀 고무신은 외출용 검정 고무신
은 다용도였다 헐어 구멍 나면 천을 대고 몇 차례 꿰매
며 신었다 재질이 고무여서 여름엔 땀으로 미끌미끌
겨울엔 발이 시려 동동거려 아렸다 새 고무신은 발 뒷
부분 신발 테두리에 쓸려 물집으로 며칠은 신고 벗고
를 반복하며 길들어져 굳은살이 생겨야 편했다 빗길에
흙바닥을 걸을 땐 벗겨지기 일쑤여서 빨리 걸을 수가
없었다 진흙 바닥에는 더 그랬다 그럴 땐 발 따로 신 따
로였다 고무신 한 켤레에 애지중지하던 시절 학교에선
신발장에 신발을 놓아두면 바꿔 신기 일쑤였다 때론
헌 신을 놓아두고 남의 새 고무신을 가져가기도 했다
그 방지책으로 신발주머니는 필수였다 신발에 면도칼
이나 예리한 유리 조각으로 이름을 파서 표시하기도
했다 그땐 고무신도 설이나 추석 때 빔 선물이었다 뭐
니 뭐니 해도 고무신의 추억은 달리기할 때 양손에 잡
고 뛸 땐 바통 같았다 축구 할 때 지푸라기 노끈으로 고
무신이 벗겨지지 않게 묶고 공을 차면 공보다 더 높이
더 멀리 나갈 때와 헛발질로 고무신은 앞으로 공은 뒤

로 나갈 땐 박장대소였다 하얀 고무신의 품격은 갓 시
집온 새색시들이 색동저고리 한복에 하얀 코고무신이
었다 어른들은 한복에 두루마기 입고 하얀 고무신 멋
이 우리의 문화다

1970년대부턴 운동화와 신발이 다양해졌다 2000년대
부터는 넘쳐나는 게 신발이고 색상 디자인 재질도 기
능성으로 용도도 다양해 사람의 건강까지 관리하며 체
형에 맞게 골라 골라다 고무신 한 켤레에 울고 웃던 시
절 새 고무신 한 켤레는 밥이었고 돈이었다 세상을 다
얻은 기분

수건

수건 한 장에 10여 명 가족이 사용했던 시절 가족 중에
눈병이나 피부병이 걸렸을 땐 온 가족이 다 옮아 고생
했다 헐어 구멍이 나면 꿰매 사용했다 너덜너덜할 때
까지 쓰고 또 쓰기를 반복해서 못 쓰게 될 땐 상태가 좀
좋은 것은 부엌 행주 그렇지 않은 것은 방과 마루를 닦
는 걸레로 사용했던 추억도 아련하다 할머니들은 걸레
로 얼굴을 닦기도 하고 손주들 몸을 닦아 주기도 했다
요즘 어지간한 행사장 가면 수건을 선물로 주고 기부
금 답례품으로 주기 시작한 것도 그래서일 수도 있을
것이다 이젠 집에 걸려있고 쌓여있는 게 수건이다 용
도도 얼굴 닦는 수건 발을 닦는 발수건 목욕할 때 사용
하는 목욕 수건…… 수건을 볼 때마다 옛 생각이 난다
학교에서 걸레를 가져오라 할 땐 걸레 만들 헝겊이 없
을 땐 못 입는 옷이나 헌 수건을 가족들 몰래 접어서 바
늘로 한 땀 한 땀 바느질을 해서 가져가는 학생들도 있
었다 학교에서 수건으로 만든 걸레는 모양이나 쓰기에
편해서 고급이었다 요즘은 물티슈와 청소포가 그 옛날
걸레를 대신하는 세상이다

휴지

종이가 귀하던 시절 돗통시*에서 볼일을 보고 나면 휴
지가 없어 지푸라기로 밑을 닦았다 지푸라기마저도 챙
기지 못했을 땐 돗통시 듸딜팡* 주위에 뾰족이 나온
돌에 궁둥이를 밀어 대고 닦았다 학생들이 쓰고 난 공
책이나 헐어서 못 쓰게 되는 책을 자르고 휴지로 썼다
특히 신문지는 고급 휴지로 한 장을 열여섯 조각으로
자르고 실로 꿰어 방이나 마루에 매달고 통시 볼일 보
러 갈 때는 한 장씩 찢고 갔다 당시는 화장지란 고급스
러운 말도 없었을 때다 고급 화장지가 시판되면서 휴
지란 말도 옛말이 되어간다 한 장씩 찢는 일력도 유용
하게 휴지로 썼다

*돗통시: 제주의 전통 재래식 화장실
*듸딜팡: 발을 딛게 만든 돌

영장

1970년대 중반까지의 우도의 가정의례는 까다로웠다 가정의례는 가정에 우환이 닥칠까 봐 변화에 누군가가 쉬 먼저 나서지 않았다 당연한 것으로 알고 대대손손 이어온 유교 경전이다 돌아가신 조상을 잘 모셔야 후손들에게 우환이 없다는 고정관념이었다 집안에 뭔가 잘 풀리지 않으면 조상의 묏자리 때문이 아닌가 하고 탓하기도 했다 변하지 않을 것 같던 영장 문화도 산업의 발달과 핵가족으로 사람들 의식 변화의 물꼬가 트이면서 하루가 다르게 변한다 당시만 해도 사람이 죽으면 삼년상(초상, 소상, 대상)을 치렀다 2주기 대상이 끝나기 전까지 음력 초하루와 보름날 아침에 곡을 하며 제례를 지냈다 1977년도에 선친이 돌아가셨을 때까지만 해도 음력 초하룻날 아침에 곡을 하고 제례를 지냈다 1주기 소상으로 상을 마쳤다 보름 삭망과 대상이 간소화 단계였다 1980년대부터 1990년대까진 삭망과 소상도 간소화되어 야제란 용어가 유행하면서 1주기 날 탈상과 탈복을 했던 것 같다 획기적인 변화는 2000년대 후반부터라 하겠다 장례를 치르는 전문 업체가 전문화되면서부턴 화장장이 대세로 돌아가시고

3일이면 화장장을 하고 삼년상 제례도 그날 치르고 일사천리다 삼년상이란 낱말의 뜻도 요즘 세대들은 구닥다리 용어로 생소할 것 같다 젊었을 적 어르신들은 가정의례는 남들보다 앞서지도 뒤서지도 않는 게 좋다는 이야기를 곱씹는다

식게

우도에서 식게*는 기제사다 식게는 두 종류로 분류된다 대를 잇는 식게와 그렇지 않은 식게다 먹을거리가 궁핍했던 시절 아이들은 식게 날은 우리집에 식게라며 동네방네 자랑을 하고 다녔다 친구들은 떡고물이라도 있을까 봐 따라다녔던 기억도 새록새록이다 어린 마음으로 기제사 명절날을 기다렸던 것은 맛있는 떡과 궤기와 곤밥*을 먹을 거라는 들뜬 기다림이었다 식겟날 식겟밥* 추억은 잊을 수가 없다 쌀이 나지 않는 우도 밥사발 밑바닥에 보리밥나 잡곡밥을 놓고 위에는 곤밥으로 덮었다 식게 테물*을 먹으려고 밤잠을 설쳤던 모습도 아련하다 호롱불이 유일한 등불이었던 시절 텔레비전도 라디오도 없었던 시절 제사 끝날 때까지 잠 안자고 기다림은 고문이나 다름이 없었다 견디다 못해 잠들어 깨우면 자기 몫의 떡 반이 없다고 칭얼대던 모습도 당시를 추억하는 식게였다 제수품 재료는 자급자족 적은 자반 바닷고기 정육점도 없었던 때라 육고기는 돼지고기 추렴이 아니면 어려웠다 냉장 보관 맞춤이나 주문형 먹거리는 1980년대 이후 1986년도 우도에 전기가 들어오면서부터다 이전엔 떡과 보리빵 상웨

떡*은 식게 전날 소다나 이스트를 보릿가루에 섞어 반
죽해서 따뜻한 아랫목에 이불을 덮어 발효시켜 만들었
다 식겟날은 친족 주부들도 모여 같이 떡을 만들었다
식게 테물 음식도 동네 집집마다 날랐다 대를 잇지 않
은 식게는 몽달귀신 식게다 몽달귀신 식게는 혼인을
못 해 죽은 신위인데 남들에게 알리지 않는다는 뜻으
로 까메기 모른 식게*라 했다 대부분 부모가 지내다
지제를 한다 식게 문화도 요즘은 부부 합사合祀 또는 식
게를 하는 신위들을 한번에 합사를 하는 추세……
고조부모 증조부모까지 하던 식게도 조부모 부모로 간
소화되면서 머지않아 식게 문화도 사라질 추세다 식게
의 의미를 곱씹게 한다

* 식게: 기제사
* 곤밥: 쌀밥
* 식겟밥: 제삿밥
* 테물: 퉤물
* 상웨떡: 상화떡
* 까메기 모른 식게: 남들에게 알리지 않는 제사

108

멩질

명절 사투리가 멩질이다 정월 멩질과 팔월 멩질 설과 추석을 말한다 우도 멩질 분위기의 변화는 1980년대 전후로 구별해 본다 1980년 이전 명절은 우도에서 했다면 이후는 우도 밖에서 하고 있다 초등학교를 졸업하고 자립 기반을 찾아 우도를 떠난 자식들이 성인이되어 바깥에서 생활 기반의 터를 잡았기 때문이라 하겠다 그전엔 고향을 찾는 경우는 집안에 대소사나 멩질 때다 멩질 때는 동네가 축제 분위기였다 옛 친구도 만나서 어린 시절을 이야기하고 집집마다 떡 냄새와 적 굽는 냄새가 마을 전체를 뒤덮었다 정월 멩질날은 동네 어르신들을 찾아뵈며 세배를 했다 특히 돌아가시고 삼년상이 끝나지 않은 집을 찾아다니며 세배하러 다녔던 추억도 새록새록 세배 기간도 짧게는 멩질날부터 길게는 초닷샛날까지 다녔다 추석 멩질은 어머니와 누나가 바깥 물질을 갔다 올 땐 선물을 기다렸던 시절이다 멩질날 놀이도 집 바깥 공동체 뛰어다니는 놀이였다 요즘은 핸드폰과 전자기기로 혼자 게임 하고 논다 2020년대 들어 우도 사람들이 우도에서 멩질을 하는 집이 20여 퍼센트도 안 된다 떡 하는 날 불 켜진 집

이 몇 집 없다 우도 사람들이 우도에 없는 날이다 멩질
때 고향을 찾는다는 말이 사라진 지 오래다 대부분 밖
에서 멩질을 하고 있어 나이 들어 멩질 쇠러 밖으로 나
가고 있다 멩질은 고향의 추억인데……

부조

1950년대부터 1970년대 우도 영장집과 잔칫집 부조는
동네 사람들의 품앗이 봉사가 부조였다 영장집엔 주부
들은 수의와 상복과 두건을 만들고 남자들은 염하고
관 짜고 터 잡고 청년들은 영장 날 시신을 운구해서 매
장하는 게 부조였다 고인께 절을 할 때도 남자들은 술
한잔 올리고 예를 갖추었다 돈 봉투 분향의 부조는 본
기억이 없다 부조 물품은 쌀 술이었다 동네 남자 어른
들은 양초와 향나무 작은 토막이었다 향나무 토막이었
던 것은 가공된 향이 시판되지 않은 때여서 향나무 토
막을 연필 깎듯 깎아서 향을 피웠다 친족들은 제철에
따라 보리쌀이나 좁쌀 반 말이나 한 말(우도에서 곡물 한
말은 2리터 됫박 넉 되) 부조였다 어려웠을 때를 대비해 여
자들은 친목회를 남자들은 갑장회가 돈독했다 집에 일
이 생기면 서로 돕고 쌀 한 통(한 가마니는 열 말) 술 한 상
자(2리터 병 8개)였다 이채로웠던 부조는 사돈집에서 팥
죽을 쒀 오는 물허벅 등짐 아낙의 모습이었다 영장 날
은 장지에서 고생한다는 답례로 결혼한 자식들 사돈집
에서 시루떡을 쪄와 줬다 잔칫집은 잔치 4~5일 전서부
터 돼지 잡고 청년들은 올레 어귀에 소나무 가지를 꺾

어다 솔문 아치를 세워 잔치 끝나는 날까지 먹는 게 부
조였다

1970년대 중후반부터 돈 부조가 시작되지 않았나 하는
생각이 든다 주부들만 주고받는 부조였다 부조금은 5
백 원 또는 1천 원이었다 가까운 친족은 2~3천 원 정도
였다 답례도 없었다 내가 1976년도에 결혼 축의금 받
았던 부조금이 3백 원 5백 원이었다 다음 해에 아버지
가 돌아가셨는데 그때도 돈 부조 봉투는 기억에 없다

1980년 전후부턴 5천 원 1만 원 부조가 유행되면서 답
례품 물꼬가 트이기 시작한 것이다 답례품으론 세제인
하이타이나 퐁퐁이었다 차츰 그 변화는 설탕 화장지
커피……

1990년대 전후부턴 3만 원 부조에 답례품 대신 상품권
으로 답례하기 시작했다 3천 원권이나 5천 원권으로
알고 있다

2010년대 중후반부턴 매장을 전문으로 하는 장의사와 결혼식을 전문으로 하는 결혼예식장이 생겨나기 시작한 것이라 유추해 본다

2020년대부턴 여자들만 했던 돈 부조가 남자들로 확산되면서 부조금도 5만 원 요즘은 좀한 사이면 10만 원 부조금이다 답례 상품권도 1만 원권이 대세를 이룬다 작금년서부턴 찾아뵙지 못하면 은행 계좌로 부조금도 입금하는 추세다 방에 누워 있으면서 부조금을 전하는 세상이다 영장도 화장장으로 전문 장례식장에서 종전에 택일 보고 치르던 장례도 3일 장으로 음식도 장사 음식으로 제공하고 있다 결혼식도 호텔에서 결혼예식을 치르고 있는 대세다 영장집 잔칫집이란 말도 추억의 옛말이 된 셈이다 부조도 고인의 명복보다 상주와의 인과 관계로 배례도 부득이하지 않으면 하지 않는 추세다 간소화되어야 할 부조가 부조금 주고받는 장사 문화로 더 확산세다
가정의례나 부조금 유행은 누군가 물꼬를 트느냐에 따라 변하는 것 같다 5만 원권 지폐와 10만 원 중간 단계

가 없어 부담스러움을 가중한다 해도 과언이 아니다

부조와 나라의 경제 성장을 비교 곱씹는다

우도 북 카페에서 북 콘서트

2022년 7월 16일

폐교된 연평국민학교(우도초등학교)에 2021년 우도에
첫 북 카페가 생겼다 그 북 카페에서 2022년 7월 16일
첫 북 콘서트 행사를 했다 '첫'이란 상징적인 의미는 크
고 깊다 『400년의 긴 길』이란 책이다 저자(故 윤달세)가
우도와 연관이 있어서다 출생지는 일본이지만 저자의
아버지 고향이 우도다 저자도 우도면 윤씨 가문 호적
에 등재돼 있다 혈족 조카들 이름(윤문유 윤영유……)만
거명하면 지역 지도자였음을 안다 부연 설명으로 덧붙
이는 것은 독자들의 이해를 돕고자 함이다 내 기억으
로 저자가 우도에 왔었던 것은 저자의 선친이 일본에
서 돌아가셨을 때 그 시신을 아들인 저자가 운구해 와
서 고향 우도 공설묘지에 묻었다 우도 밖에서 죽은 시
신을 정기도선으로 싣고 와 마을 안길로 운구한 것도
'처음'이었다며 입방아에 오르내리기도 했다 당시 우도
공설묘지가 조성돼 공설묘지에 첫 시신 매장은 남자
시신이었으면 하던 차 그 시기와 일치돼 1993년 7월서
부터 공설묘지 시신 매장 첫 물꼬를 텄다 저자가 일본
에서 고인이 됐다는 것은 금번 책자를 통해 알았다 책

내용이 우도와 연관은 없지만 북 콘서트를 우도에서 하게 된 실마리이기도 하다 주제는 임진왜란 때 조선 사람들이 강제로 끌려가 대를 잇고 살아가는 서민들의 아픈 역사 기행문이다 2003년에 일본어로 출판됐다는 데 의아하지만 일본인이 그 소중함을 알고 번역했다 (역자: 나까무라 에미꼬)

우리가 잊어서는 안 될 역사이기에 읽으면서 울컥울컥 했다 임진왜란 및 정유재란(1592년~1598년) 시 조선 사람들이 일본으로 끌려가 우리의 기술 문화를 뿌리내리게 한 알려지지 않은 역사 기행문이다 43편의 기행문을 묶어 책으로 출간하기까지는 20여 년간 일본 구석구석을 찾아다닌 고행은 책을 읽다 보면 알 수 있었다 더욱이 침략국인 자국에서 400년이 지난 흔적을 찾기란 쉽지 않았음에도 작은 실마리에 희망을 걸고 그 발자취를 물어물어 찾은 아픈 역사의 기록이다 저자가 아니었으면 묻혀 사라질 기록들이다 소실되어가는 흔적에서 선조들 공헌의 감정에 울컥했음을 상상해 봤다 책을 읽으면서도 약소국가의 서러움과 아픔 강대국의 횡포와 만행을 곱씹게 했다 우리말이 있음에도 우리

것임에도 잊고 살아가고 있다는 것은 참으로 안타까운
현실이다 역사는 묻힌 것을 찾아 기록한다 전문 학자
들의 학술적인 일면을 초월한 기록을 읽고 또 읽는다

2022년 성게 작업

해녀들이 가장 힘들어하는 물질은 성게 작업 성게는 잡아 오는 시간보다 쪼그려 앉아 까는 시간이 더 고달 프다 성게는 잡는 시기를 놓치면 돈을 놓치는 격 알 싼 성게를 '난중이' 알 싸는 성게를 '고름 핀다'라고 해녀들은 표현한다 이런 현상은 바닷물 수온과 관계가 있다 수온이 높으면 성게알 상품 가치가 떨어진다 상품 성게알은 10월에서 이듬해 3~4월 우도 해녀들은 이때는 다른 해산물 채취 시기여서 요즘은 우뭇가사리 채취 작업이 끝난 6월부터 7월 초중순까지 작업한다 바다 날씨에 따라 작업이 며칠 될지 모른다 다행히 2022년에는 날씨가 좋아 29일간 작업을 했다 허채(해경) 첫날을 제외하면 쉴 날도 없었다 다른 해산물들은 흉작이어서 안달이었는데 몸은 고달파도 그나마 성게 수입으로 한시름 달래는 해녀들 해녀들은 이 시기에 탈진으로 몰골이다 손엔 짠물 마를 날이 없어 허옇게 부풀어 지문이 문드러진 지 오래다 화장품 바를 겨를도 없다 성게 가시는 머리 손발 몸에 박혀 달고 살면서도 병원은 성게 물질이 끝나야 간다 그날그날 산술적인 성

과에 검게 그을린 얼굴 입가에 미소는 고단함을 달래
는 바다 연극의 주인공

도마와 수술대

나는 전립선비대증으로 여러 차례 진료를 받고 수술
도 했다 처음엔 부끄럽고 창피했다 하필이면 왜 비뇨
기과인가 하고 아래 바지를 내리라면 머뭇머뭇했다
어느 날 담당 남자 주치의가 휴일 때였다 약 처방을 받
기 위한 것이어서 다른 진료실 의사에게 약 처방을 의
뢰했다 다른 진료실 의사는 여자 의사였다 진료실로
내원하라는 말엔 약 처방만 받을 건데 하고 속으로 구
시렁거리며 진료실로 들어갔다 진료 차트를 보고 검
진실인지 모르지만 벽 보고 서서 바지를 내리라는 데
는 당황스러웠다 그 꼬락서니를 스치며 내가 환자지
하는 순간 서글펐다 의사에게 환자는 뭘까 특히 수술
대에 누울 땐 도마 위에 놓인 고기가 머리를 스쳤다 수
술대의 물건이 되지 않기 위해선 건강하게 살다 생을
다했으면 하는 생각뿐 70 넘은 나이 남아있는 여생 고
통 없이 살다 갈 수 있다면 무상함을 느낀다 나이가 병
을 먹는다

우도작은도서관

1967년 5월 30일 설립한 하우목동 마을문고는 숱한 격동기를 맞으며 반세기 넘도록 맥을 잇고 있다 명칭도 시대에 따라 몇 차례 바뀌다 2021년도 「우도작은도서관」으로 개명, 설립 당시는 문고에 책이 없어 한 권 한 권 구걸했었다 해녀들이 육지에서 물질하고 돌아올 땐 책 한 권 사와 기증하기도 하고 청년들이 농촌봉사활동 해서 받은 돈으로 책을 사기도 하고 십시일반 독지가들의 도움으로 2023년 3월 현재 소장된 책이 15,000여 권, 자리 잡을 곳이 마땅하지 않아 옮겨 다니다 1991년 4월에 우도면 복지회관으로 옮겨 현재에 이르고 있다 도서관을 염두에 두고 지어진 건물이 아니어서 지속해서 소장된 책 관리의 보존과 보전이 시급한 상황 이젠 우도의 상징적인 문화공간 도서관 명소로서 관광객들이 찾는 곳으로 거듭나야 할 공간이 절실하다 열악하고 어려운 여건에도 2022년 우도작은도서관이 주관한 문화행사는 다양했다 책 축제(2022. 11. 3.)를 비롯한 어르신들 나들이 행사 상·하반기, 문화가 있는 날 행사로는 외부 강사를 초청해서 8회에 걸쳐 문화의 가치와 우도를 알리는 데 일조를 했다 우도작은도서관이

여태껏 명맥을 이어왔던 것은 책이 있어 마을을 중심
으로 설립자인 김항근(1967년~1973년) 님, 뒤를 이어받
은 김정남(1973년~) 님, 고영주(1983년~2014년) 님, 송희정
(2014년~현재) 님의 헌신적인 희생이 있었기에…… 역사
의 흔적은 발자취를 남긴다

우도마을신문 달그리안

우도마을신문『달그리안』2017년 겨울 창간으로 2023년 봄 17호가 된다 몇몇 젊은이들이 애향심으로 시작한 소식지 열악한 여건에도 소걸음으로 여기까지 왔다 집도 절도 없는 신세 언제면 남의 집 신세 면할까 안락한 집이 그립다 봄여름가을겨울 독자들의 십시일반 도움으로 버틴다 남들은 부러워하는『달그리안』동네 심방 안 알아주듯 동네 사람들은…… 그래도 반기는 사람들이 있어 때가 되면 가가호호 멈출 수가 없다 바지런한 집필 덕에 소식을 공유한다 전문 글쟁이도 아닌데 애향을 위해 독자를 위해 무임금 노동 가정일 제쳐두고 그 열정에 박수를…… 독자들도 동참해서 힘을 보태자 지면이 꽃처럼 아름답고 풍성하게 묵묵하게 지켜내는 아름다운 꽃봉오리들(대표 김영진, 자료수집 강계헌, 집필 송희정, 강윤희, 김애경) 건필을 기원합니다